KB184815

소리에서 빛이 나는 소리꾼 최예나

판소리를 시작할 즈음

lbk <together> 음원 발매 연습 중 멘토 억스 보컬 서진실 선생님과 함께

울산국악전수관 엄영진 선생님께 <춘향가> 교습받는 중

울산중구문화의전당예술제 공연 대기실에서
이치종 교수님과 함께

문희경 선생님과 함께

채수정 교수님 연구실에서 제1회 월드판소리페스티벌 준비과정 취재 조선일보 기자님,
가야금병창 박혜련 교수님, 마포로르 선배님과

한예종 종합성악실기 강의시간 적성테스트 중
예나를 위해 직접 들려주고 표기하시는 채수정 교수님과 함께

동기 가현이와 함께
(왼쪽_고창문화의전당 초대공연 때, 오른쪽_한국예술종합학교 정기연주회 때 대기실 앞에서)

울산 청소년 판소리예술단

武運長久

누구 시리즈 36

문학적 초상화 프로젝트

2024년 <누구?!시리즈10>을 발간하며

궁금증이 감탄으로 변하게 하는 이야기를 담은 작은 인문학도서 〈누구?!시리즈〉를 기획하게 되었다. 인문학이란 사람의 이야기를 기본으로 하는데 그 삶에서 장애는 비장애인들이 경험하지 못한 특별한 이야기여서 사람들에게 감동을 준다.

특히 장애인예술은 장애예술인의 삶 속에서 녹아 나온 창작이라서 장애예술인 이야기를 책으로 만드는 〈누구?!시리즈〉는 꼭 필요한 작업이다. 이 책은 장애예술인의 활동을 알리는 소중한 자료가 될 것이기에 〈누구?!시리즈〉 100권 발간 목표를 세웠다. 의문과 감탄을 동시에 나타내는 기호 인테러뱅(interrobang)이 〈누구?!시리즈〉를 통해 새로운 감성으로 확산될 것으로 믿는다.

〈누구?!시리즈 100〉이 완간되면 한국을 빛내는 장애예술인 100인이 탄생하여 장애인예술의 진가를 인정받게 될 것이며, 100인의 장애예술인을 해외에 소개하면 한국장애인예술의 우수성이 K-컬처의 새로운 화두가 될 것이다.

_ (사)한국장애예술인협회 회장 방귀희

소리에서 빛이 나는 소리꾼 최예나 - **누구 시리즈 36**
최예나 지음

초판1쇄 발행 2024년 11월 1일

지은이 최예나
펴낸이 방귀희
펴낸곳 도서출판 솟대
등 록 1991년 4월 29일
주 소 서울시 금천구 서부샛길 606, 대성지식산업센터 B동 2506-2호
전 화 02)861-8848
팩 스 02)861-8849
홈주소 www.emiji.net
이메일 klah1990@daum.net

값 12,000원

ISBN 979-11-989238-1-3 03810

주최 

후원 문화체육관광부 한국장애인문화예술원 Korea Disability Arts & Culture Center

소리에서 빛이 나는 소리꾼 최예나

최예나 지음

나는 매일 새로운 기분으로 판소리에 빠져든다

최예나

여는 글

오늘도 마음을 담아 소리를 닦는다

학교를 오고 가는 차 안에서와 한소네를 펼쳐 놓은 책상 앞에서, 그리고 쉬는 날 한가로운 시간에도 음악을 듣는다.

다양한 음악은 나에게 놀이가 되고, 그 속에서 늘 새로운 설렘을 발견한다. 덕분에 나는 매일 새로운 기분으로 예술에 빠져든다.

스승님들의 가르침 속에서 소리에 감정을 담아내는 법을 배워 나가고 있다. 판소리의 한 대목마다 그 안에 담긴 이야기와 감정을 표현하려 노력한다. 아직은 부족한 점이 많지만, 꾸준히 연습하며 쌓아 온 실력을 발휘하는 순간을 맞이할 때면 말로 다 할 수 없는 기쁨이 느껴진다.

처음 관객들이 있는 무대에 섰을 때도 그랬다. 떨리는 마음으로 첫 소리를 내었을 때, 사람들의 반응은 나에게 큰 용기와 자신감을 주었다. 나의 소리가 사람들의 마음에 닿았다고 느낀 그 순간, 무대는 또 다른 세상이 된다. 점차 큰 무대를 준비하며 경험해 가는 모든 시간이 즐겁고 새롭다.

내가 소리를 할 수 있었던 건 많은 분께서 큰 도움을 주신 덕분이다.

울산혜인학교 박준영 선생님, 문희경 선생님, 문정현 선생님과 친구들, 국립부산국악원 김미진 선생님, 고선화 선생님, 엄영진 선생님, 항상 함께해 주시는 이치종 고수님, 주선우 고수님, 가야금 박진 선생님, 울산 남구청 이현진 과장님, 초록우산 어린이재단 박혜진 선생님, 하가영 선생님과 울산시각장애인복지관 관장님, 이병희 팀장님과 여러 선생님들, 은빛피아노 김정윤 원장님, 울산교육청 심광윤 선생님, 한국예술종합학교 전공 채수정 교수님, 정상희 교수님을 비롯한 많은 교수님과 학우들, 그리고 나의 엄마.

모든 분의 은혜에 보답하기 위해 오늘도 마음을 담아 소리를 닦는다.

소리를 통해 세상과 소통하는 나의 이야기를 진심을 담아 전하고 싶다.

2024년 밝고 따스한 날들 속에서
소리꾼 최예나

차례

1.68kg 생명의 무게

…

나는 일곱 달 만에 세상에 나와 곧바로 인큐베이터 생활을 했다고 한다. 태어나 3시간 후 다시 잰 무게는 고작 1.68kg이었다.

의료진에 둘러싸인 투명한 공간. 그 안에서 갖은 보살핌을 받았지만, 열흘도 채 되지 않아 시각장애를 진단받았다. 부모님은 내가 살 수만 있다면 그것으로 충분하다고 여기셨다. 인큐베이터 속에 있는 딸을 보며 얼마나 마음 졸이셨을까. 엄마는 그때의 일을 이야기할 때면 간절한 목소리가 나온다. 마치 기도하는 사람처럼 말이다.

"엄마는 병원 생활 생각하면, 먹고 자는 것도 잊고 지냈어. 네가 얼마나 작았는지 아니?"

엄마는 내가 유치원 때 갖고 놀던 소고보다도 작았다고 한다.

"이것보다도 작았어. 네가 태어날 때는."

"엄청 가벼웠겠네."

"소고는 단단하기라도 하지. 퇴원하고도 너 안고 수시로 병원 오고 가느라 엄마는 친구들도 엄청 많이 생겼어."

"어떤 친구?"

"간호사, 의사, 다른 아기 엄마들, 원무과 직원들."

나의 잦은 입원과 통원으로 엄마는 웬만한 병원 사람들과는 이웃처럼 지냈는데 따듯한 위로와 배려로 서로를 지탱하고 교류하는 친구 사이가 되었지만, 돈이 큰 문제였다. 하루에도 수십만 원씩 병원비를 내야 했고, 수개월 동안 일과 간병을 동시에 해내야 했기 때문에 누구라도 지칠 일이었다.

"원목실도 자주 다녔지."

"원목실은 또 뭐야?"

"병원 안에 있는 교회, 절 같은 거야."

"병원에도 그런 데가 있구나."

"엄마가 기도 많이 했어. 너 살려만 달라고, 아무것도 바라지 않는다고."

얼마나 애타는 마음으로 살았을까. 조금씩 짐작만 할 뿐이다.

"그때 그렇게 기도하는 바람에… 지금은 뭐 다른 걸 바라는 기도는 못하지 뭐. 살려만 주면 아무것도 바라지 않는다고 했으니."

우리 엄마의 특징이다. 항상 위트가 넘친다.

"그 시간을 보내니 다 살만해지더라."

살만해졌다며 엄마의 말에는 안도감도 느껴지고, 삶의 면역력도 느껴진다.
내 손에 들려진 소고는 무척이나 가벼운 것이지만 미숙아의 무게는 태산만큼 무거웠을 테니까.

내가 병원에 입원해 있을 때 누군가 엄마를 찾아온 적이 있었는데 그분은 병원 한구석에서 축 처져 있는 엄마에게 퉁명스럽게 말을 걸었다.

"아기 엄마가 기운을 내야지. 왜 다 죽어 가는 표정으로 앉아 있어요. 좀 눕던가."
"누구시길래 누우라 마라 하세요?"
"병원 사회사업팀 소개받고 왔어요."

전날 잠을 설친 엄마는 상황 파악이 잘 안 된 상태였는데, 그분의 질문 공세는 계속되었다.

"아기 엄마가 먼저 힘을 내야지 힘을. 에고 쯧쯧… 밥은 먹었어요? 아이 간호하랴, 일하랴, 힘들어도 엄마가 힘을 내야지 힘을. 병원은 얼마나 더 있어야 한대요?"

엄마는 불쾌감을 느꼈지만, 병원비와 관련해서 환자 가족이 의무적으로 대답해야 하는 절차인 줄 알았다고 한다. 겨우 구색 맞춰 답변하고 돌려보내고 나서 며칠 뒤, 뜻밖의 연락이 왔다.

"예나 엄마? 동사무소에서 의료비 지원이 결정됐어요."

"지원이요? 그런데 이미 병원비는 다 납부했는데…."

"아, 그렇구나. 그럼 참 아쉽네. 이미 납부된 금액에 대해서는 소급 적용이 안 돼요. 조금만 더 빨리 알았더라면 좋았을 텐데… 그래도 다음에 있을 비용은 전부 지원될 거니까 마음 편히 지내요."

엄마는 늦게나마 도움을 받을 수 있다는 사실에 안도하며 감사를 전했다고 한다. 다그치는 듯한 말투는 원래 그분의 성향이었다.

"그리고 좀 밝게 지내요. 딸은 엄마를 닮잖아요."

경쾌한 천사의 날갯짓에 한바탕 바람이 불고 지나갔다. 그날의 사건이 인연이 되어 그분은 아직도 우리와 연락을 이어 나가고 있다. 나의 수상 소식에도, 방송에 출연한 내 모습을 발견할 때도 반가운 연락을 주셨다.

한예종에 합격했을 때도 축하 전화를 주셨다. 이제는 엄마도 그분 못지않게 기세 좋게 대화를 나눈다.

"아니, 뭘 이런 걸 다 보내고 그래. 아이고 과장님도 참, 자꾸 그러네. 나 이러면 연락 안 할 거야."

두 분이 나누는 대화를 듣다 보면 얼핏 싸우는 것처럼 들리기도 하지만, 그 내용은 반대로 참 훈훈하게 느껴진다.

'어느 날 갑자기 찾아오신 천사 이모! 정말 고맙습니다!'

손으로 만지고 귀로 듣고

···

나는 일곱 살이 되어서야 통원 생활에서 졸업할 수 있었다. 엄마는 숨 돌릴 틈도 없이 시각장애인 이웃들을 찾아다니면서 조언을 구하러 다녔다. 딸의 인생을 위해 엄마는 스스로 장애인의 삶의 방식을 습득하려 했다. 나보다 먼저 점자를 배우고 보조기기를 사용해 가며 시각장애인 가족으로 생활했다.

엄마의 또 다른 선택은 시각장애인복지관에서 미용 봉사를 하는 것이었다. 같은 시각장애 아이를 둔 엄마들과 친분을 쌓으면서, 아직 어린이집에도 들어가지 않은 나의 진로에 관한 이야기를 나누었다. 엄마는 내가 특수교사가 될 가능성을 염두에 두고, 대학 전공까지 미리 알아보고 다녔다.

그런데 다른 엄마들도 모두 특수교사를 염두하고 있다는 것을 알고 엄마는 문득 이런 생각을 했다. 예나 또래 아이들이 모두 특수교사가 되면 경쟁률이 엄청나겠다고. 엄마는 특수교사 외에도 다양한 경우의 수를 준비해야겠다고 생각했다.

엄마는 나와 같은 아이들뿐만 아니라 중장년과 노인분들까지 전 연령대의 사람들을 부지런히 만나며, 딸의 인생을 조금이나마 내다보고 싶으셨던 것 같다. 엄마는 시각장애가 있을 뿐 각자 자기의 방식대로 살아가는 시각장애인들은 평범한 이웃과 다를 게 없다는 것을 알았을 것이다. 어느새 엄마도 천사 이모처럼 쾌활하고 밝은 모습으로 사람들과 어울리며 이웃사촌 같은 친구들을 많이 사귀었다. 엄마의 미용 봉사도 한몫했다. 큰 가방에 각종 미용가위와 염색약, 고데기 등을 담아 복지관에 방문하는 날이면 복지관 할머니, 할아버지는 설레는 표정으로 엄마를 반겼다.

"아기 엄마, 손기술이 좋아서 아기 머리는 걱정 없겠어."
"우리도 미용실 가서 하려면 이게 돈이 얼마야."

엄마는 할머니들의 친근한 수다에 힘든 줄 몰랐다고 한다.

"애가 커서 중학교만 들어가도 엄마한테 머리 안 하려고 해. 그 전까지 부지런히 딸 머리 가꿔."
"그럼 그럼. 우리 머리도 오래오래 해 주고."

할머니들의 말씀과 다르게 대학교에 다니는 지금까지도 엄마는 나의 머리를 만져 준다. 때마다 공연을 앞두고 비녀와 떨잠으로 예쁜 쪽머리를 만들어 주는 엄마.

엄마의 추억을 듣다 보면 즐거웠을 마음이 그대로 전해진다.

일곱 살 무렵 처음 접한 피아노. 손가락을 누르면 내 귀에 닿는 청명한 소리가 느껴진다. 매끈하고 넓게 펼쳐진 건반을 누를 때마다 새들이 손가락을 따라 움직이듯이 커다란 나무 상자 안에는 숲으로 이어지는 통로가 있을 것만 같았다.

"엄마! 엄마!"

'왜?' 하고 엄마가 달려오면 나는 더욱 신나서 춤추듯이 피아노를 연주하게 된다. 물기 있는 고무장갑으로 쓰다듬어 주던 엄마의 손길.

"엄마는 들으면서 일하고 있을게."

엄마가 다시 설거지하러 부엌으로 나가려 하면, 엄마가 좋아하는 대중가요로 연주를 바꾼다.

"엄마가 부른 노래, 이거 맞지?"

내 의도를 눈치챈 엄마는 웃으며 고무장갑의 물기가 마를 때까지 내 옆에서 관중이 되어 준다.

"아이고♪ 엄마 일은 누가 해 주나♪"

엄마의 재치 있는 개사곡에 정신없이 웃다가도 얼른 다음 연주할 곡을 준비한다. 엄마가 집안일을 할 때마다 흥얼거리는 리듬이 모두 기억나기 때문이다.

내 어깨를 톡톡 치며 노래를 부르는 엄마, 포근한 엄마 냄새가 더해져 한없이 평화로운 시간으로 하루가 채워진다.

엄마는 피아노에 푹 빠져 있는 나를 동네 피아노 학원에 데려갔다.

"제가 저 아이를 가르칠 수 있을까요?"
"아직 손가락 힘이 너무 없어 보여요."
"우리 학원에서 가르치기에는 좀 어려울 것 같아요."

유독 자그마한 체구의 시각장애인 여자아이가 엄두가 안 났었나 보다. 찾아가는 학원마다 원장님들이 미안한 목소리로 말했지만 나와 엄마는 아무렇지도 않았다.

좀 더 커서 다니자고 한 엄마의 약속을 믿고 집으로 돌아왔다.

그런데 언젠가 한 번, 엄마의 토닥거림에서 쓸쓸함을 느낀 적이 있었다.

국악방송TV <호락호락 젊은국악> 자료화면

"예나야! 조금만 기다려 줄래?"
"응? 뭐를?"
"캥거루처럼 예나를 품고 가르쳐 주는 선생님을 찾아 줄게."
"아기 주머니 속 캥거루?"
"이 치마보다 포근하고 부드러운 옷을 입고 있을 거야."
"응 좋아! 그때까지 난 집에서 혼자 할 수 있어."

때때로 촉감이 느껴지도록 말을 걸어 주는 엄마. 덕분에 일상의 소소한 사건들에도 부드러움과 포근함이 느껴진다. 그리고 엄마는 약속을 지켰다.

내가 피아노를 얼마나 좋아했는지를 알 수 있는 동시가 있다. 초등학교 6학년 장애인의 날을 앞두고 울산광역시 장애인종합복지관에서 주최한 장애인 역량강화와 문화예술 활성화를 위한 '장애인과 지역사회가 소통하는 광장(廣場): 문예창작대회'에 참여하여 쓴 시 〈피아노는 내 친구〉가 입상을 하여 낭송을 하였는데 나는 시를 완벽하게 외워서 감정을 실어 시를 낭송하여 많은 박수를 받았다.

피아노는 내 친구

…

피아노는 내 친구

최예나

피아노가 노래를 불러요
딴딴딴 딴딴
손가락과 피아노가 한몸이 되요
딴딴딴 딴딴
피아노가 희망을 불러요
딴딴딴 딴딴

피아노는 나의 꿈
피아노는 참 좋은 친구
피아노는 참 멋진 놀이터

YOUNG

나는 피아노가 노래를 부른다고 생각했다.

그런데 그 노래는 사람의 손가락과 피아노가 한몸이 되어서 만든다고 하였다.

그래서 피아노가 희망을 부른다고 한 것이다.

나에게 피아노는 나의 꿈이고, 친구이고, 멋진 놀이터라고 하여 사실상 내 모든 것이라며 피아노에 대한 사랑을 표현하였다.

학교라는 공간

…

"예나야 학교에 가면 친구들도 많고, 재밌는 놀이도 하고 노래도 배우고."
"가기 싫은데…."

늘 엄마의 치맛자락을 꼭 잡고 붙어 있는 어린 딸을 위해, 엄마는 일부러 일반 어린이집을 선택했다. 거의 일대일 돌봄을 받으며 어린이집 생활을 잘 마쳤지만, 학교생활은 아직 두려웠다. 나보다 큰 언니 오빠들이 학교에 다닌다는 것을 알고 있었기에 환경이 크게 바뀐다는 것을 본능적으로 알아챘다.

"엄마, 나 집에 있을래. 학교 안 갈래."

그때 엄마는 내 손을 꼭 쥐고 있었던 것으로 기억한다.

"학교가 너무 커서 무서워?"
"응."

생활 반경이 조금만 넓어져도 어린 나에게는 큰 장애물들로 다가온다. 엄마는 내가 두려워하는 걸 이미 알고 있었다.

"학교에 가면 커다란 탬버린도 여러 개 있고, 커다란 북도 있고, 기린만한 농구 골대도 있고, 장롱만한 피아노도 있어."
"장롱만해?"
"그럼, 학교에서 우리 예나 기다리고 있을걸? 엄청 커다란 것들이 가득 놓여 있어."

세상에 장롱이라니 얼마나 큰 걸까? 불안한 마음이 호기심으로 바뀌는 순간이었다. 커다란 피아노 속에는 가장 화려하다는 공작새들이 노래를 부르지 않을까, 엄마 손을 잡고 학교에 가는 길, 신나는 상상을 하니 웃음이 새어 나왔다.

그런데 웬걸, 입학식이 끝나고 한참을 기다려도 피아노를 만질 수가 없었다. 다음 날에도, 또 다음 날에도. 국어, 수학, 점자 수업들만 이어졌다. 그래도 새로운 것에 관한 호기심이 많았기에 친구들과도 금세 친해지며 다양한 수업에 적응해 가느라 장롱만한 피아노에 관한 생각은 잠시 잊고 지냈다.

처음으로 특별수업을 하던 날. 수업은 마치 하나씩 새로운 소품을 공개하는 무대 공간 같았다. 여러 크기의 공, 많은 종류의 타악기, 이름 모를 체육 도구, 은은한 감촉이 느껴지는 그림들. 나는 학교의 모든 것을 체험하면서 자라났다.

초등학교 2학년이 되자, 드디어 엄마가 약속한 피아노 학원 선생님을 만났다.

"네가 예나구나, 손가락 예쁜 것 봐! 피아노 정말 잘 치겠다, 그렇지?"

"잘 모르겠어요…."

선생님은 수줍어하는 나의 손을 이끌고 의자에 앉혔다.

"예나 앞에 악보가 하나 펼쳐져 있어. 만져 볼래?"

손끝에 닿는 감촉. 점자였다. 점자악보라니! 기분이 좋을 때마다 수줍게 웃는 나. 그 모습을 들킬 수밖에 없는 순간이었다.

"와, 예나야! 엄마도 감동이야 감동!"

"예나한테 필요한 게 뭐가 더 있을까요? 생각나실 때마다 알려주세요, 어머님."

"이렇게도 세심하게 신경 써 주시다니, 너무 감사합니다!"

정식으로 피아노 수업을 받게 된 첫날부터 많은 배려를 느낄 수 있었다.

"예나 혼자 연습한 실력이 대단한데?"

내 연주를 들은 선생님의 칭찬에 기분이 좋았다. 그리고 무엇보다도 방음실로 되어 있는 피아노 연습실의 소리는 사뭇 달랐다. 숲으로 이어지는 문이 열린 것처럼 공간을 가득 채운 소리에 빠져들며 나는 시간이 가는 줄도 모르고 피아노를 연습했다.

매번 피아노 학원에 가는 시간이 되면 나의 웃는 표정에 엄마도 함께 신났다.

"예나야, 학원에서는 엄마가 부른 노래 치면 안 되는 거 알지? 꼭 선생님 하라는 것만 해야 한단다."

"응, 난 선생님이 알려 주는 것만 하고 있어."

"엄마 노래도 가끔 들려줄 거지?"

"엄마 노래? 당연하지!"

엄마의 노래를 연주하는 시간은 줄었지만, 다른 학생들보다 빠르게 진도를 나가며, 나의 실력은 월등히 늘어만 갔다. 그러던 어느 날이었다.

동백대상국제음악콩쿠르

“예나야, 선생님이 볼 때는 예나의 실력이 언니 오빠들 못지않아.”
“헤헤, 감사합니다!”
“이번에 대회 준비하자.”
“네? 대회요?”
“응 문제없어, 예나는 잘할 거야.”

대회를 준비하라는 선생님의 말씀에 엉겁결에 조금씩 어려운 곡을 연습하게 되었다.

“예나야, 어깨 펴야지? 아무리 어려운 곡이라도 고민하듯이 연주하면 안 돼. 예나야, 다시 한 번! 지금 새끼손가락 들리고 있다.”

대회가 다가오자 선생님은 엄해지셨다. 나도 모르게 주눅이 들었지만, 선생님은 그 모습 찰나도 놓치지 않으셨다.

“가슴 펴고! 자신감이 없어지면 자기도 모르게 손가락 힘이 빠진단다.”

그렇게 날마다 특훈이 이어졌다.
마침내 열린 ‘동백대상국제음악콩쿠르’ 대회 날, 객석에 많은 사람이 모인 것 같았다. 웅성거리는 소리가 대기장까지 전해졌다. 떨리지는 않았다. 나는 말 그대로 눈을 감고도 칠 수 있으니까. 그리고 많이 노력했으니까.

드디어 내 차례가 왔다. 넓은 무대에 나를 응시하는 수많은 시선을 느끼며 피아노 의자에 앉았다. 수백 번 연습한 연주곡. 쿨라우 소나티네 3번 3악장. 내 손가락은 자동으로 움직인다, 경쾌한 리듬을 만들어 내면서. 결과는 대상이었다.

"예나야 잘했어! 너무 기특하다."

엄마와 선생님의 칭찬을 듣고서야 얼떨떨한 기분이 느껴지기 시작했다. 그냥 평소대로 소리와 놀 듯이 연주한 곡인데, 다들 이렇게나 좋아하다니! 그제야 뿌듯한 마음이 들었다.

"엄마, 나 음악이 너무 재밌어."

초등학교 5학년과 6학년 때 담임을 맡으셨던 문희경 선생님은 예나에게 특별한 경험을 하도록 지도해 주셨다. 어느 날 선생님께서 이런 제안을 하셨다.

"어머니, 나눔 글짓기대회가 있는데 예나가 참여했으면 해요."
"우리 예나가 나눔 활동을 한 것이 없는데요?"
"무슨 말씀이세요, 예나에게 들었어요. 소아암 환자를 위해 머리카락을 꾸준히 기증하고 있다면서요?"

전국초중고학생 나눔공모전 교육부 장관상 수상

문희경 선생님과 함께

"그야 예나가 할 수 있는 일이어서 하고 있는 건데요."

"어머니, 어쩌다 한번은 할 수 있지만 초등학교 1학년부터 꾸준히 하고 있다는 것은 아무나 할 수 없는 최고의 나눔이에요."

그래서 한국백혈병소아암협회에서 주최하고 교육부에서 후원하는 전국초중고 나눔공모전에 응모하게 되었다. 내가 초등학교에 입학하고 학교에 적응해 가고 있을 무렵, 엄마가 우연히 소아암 환우에게 머리카락 기증이 필요하다는 것을 알고 혼잣말로 중얼거렸는데 그 얘기를 듣고 어린 내가 바로 '엄마, 내 머리카락 보내면 되잖아.'라고 먼저 제안했다.

나는 머리숱이 풍성한데다가 모든 영양분이 머리로 가는지 윤기가 흐르고 머리가 금방 길어지는 듯했다. 기증할 수 있는 모발 조건을 갖추었기에 엄마는 당장 실행에 옮겼다. 머리를 묶어서 25cm가 되면 엄마가 직접 가위로 잘라서 소중히 포장하여 한국백혈병소아암협회에 보내는 일을 즐겁게 실천한 내용을 썼다.

글을 시작하면서 나는 시각장애인이어서 소아암 환우들을 본 적은 없지만, 많이 아파서 학교도 못 가고 병원에서 공부를 한다는 소식을 듣고 많이 속상했다고 하면서 치료로 인해 삭발을 했기 때문에 가발이 필요하다고 하여 내 머리카락을 선물하는 것이니 예쁜 머리로 밝게 웃고, 곧 나을 것이라는 희망을 가졌으면 좋겠다고 하였다. 나는 이 글로 교육부 장관상을 받았다. 나의 나눔이 많은 사람들에게 큰 희망을 주었다.

내 안의 소리

…

한창 피아노에 빠져 있던 나에게 새로운 소리가 찾아왔다.

초등학교 3학년 음악 시간, 국악 수업을 처음 받게 되던 날. 선생님이 들려주시는 판소리는 생소하기만 했다. 반 아이들과 함께 크게 숨 쉬고 내쉬는 법을 연습하니 어깨와 가슴이 쭉 늘어나는 것을 느낄 수 있었다.

피아노를 배울 때도 가슴을 펴고 자신감을 가져야 한다는 선생님의 말씀이 문득 생각났다. 섬세하신 피아노 선생님과는 다르게 국악 선생님의 우렁찬 목소리는 귀에 쏙쏙 들려왔다.

"판소리를 부를 때는 호흡이 매우 중요해. 호흡을 잘하려면 배 안에 숨을 가득 담아야 한단다. 모두 자기 아래 뱃속에 작은 공기주머니가 있다고 상상해 보자."

반 아이들 모두 작은 공기주머니에 집중하느라 조용했다.

"자, 이제 숨을 크게 들이쉬고, 공기주머니를 천천히 부풀려 보는 거야."

나는 유독 선생님들의 말씀이 와닿는다. 피아노를 칠 때부터 자세를 곧게 펴고 손가락 끝까지 자신감이 전달된다는 가르침이 몸에 배어 있었기 때문이다.

"자, 선생님이 하나 둘 셋 하면, 공기주머니에 깊이 넣어 둔 숨과 함께 '와' 하고 크게 소리를 내는 거야. 저 멀리 교문까지 소리가 닿도록 던져 보자! 준비됐니? 하나, 둘, 셋!"

모두 '와!' 하고 힘껏 소리를 질렀다. 나도 아랫배에 가득 채워 둔 숨을 내뱉었다. 저 멀리 교문까지 소리가 닿기 위해선 힘을 모아 한참을 질러야 하겠지?

그런데 아이들의 함성이 점점 줄어들고 나 혼자만 계속 교문을 향해 소리를 던지고 있었다. 그만해야 하나? 뭔가 이상하다는 느낌에 중간에 소리를 멈췄다.

"예나야, 왜 멈추니?"
"네? 음… 다들 안 하길래요."

'우린 다 했는데.', '되게 오래 한다.'라는 친구들의 말이 들려왔다.

"예나 소리가 제일 오랫동안 멀리 나가는 것 같구나. 대단하다! 자 다들 박수!"

뭔가 부끄러웠다.

"자, 예나처럼 저 교문까지 멀리 소리를 던져 볼 수 있는 사람?"

몇몇 아이들이 다시 소리를 내뱉었지만 그리 길어 보이지 않았다. 저 소리가 교문까지 갈 수 있을까? 내 소리가 정말 교문에 닿았던 걸까? 신기했다. 멀리 가는 소리, 깊은 소리, 내 안에서 나오는 소리. 판소리라는 새로운 세계에 대한 호기심의 문이 열리는 순간이었다.

그날 이후 엄마는 별안간 한 통의 전화를 받았다.

"예나 어머님, 저를 믿고 예나를 한번 맡겨 주세요. 판소리에 재능이 있어서 꼭 따로 가르치고 싶어요."

국악 선생님은 열심히 설득을 했지만 당시 엄마는 한창 피아노를 배우고 있던 내가 판소리까지 하는 것은 무리라고 생각하셨다.

"어쩌죠, 예나가 아직 어려서 여러 가지를 다 배울 수는 없을 것 같은데. 조금 시간을 두고 생각해 봐도 될까요?"

그런데 이번에는 또 교장 선생님께서 연락을 주셨다.

"예나 어머님, 우리 국악 선생님이 정말 간절히 부탁하더라고요. 예나가 재능이 무척 남다르다고요. 오죽하면 저보고 다시 한 번 말씀해 달라고 하겠습니까. 아이고 참."

엄마는 교장 선생님의 말씀을 거절하기 힘들어 국악 선생님을 따로 만나셨다.

그리고 선생님과 진심 어린 대화를 나누셨다. 선생님의 마음을 충분히 이해했지만, 엄마 마음속에는 더 급한 일이 있었다. 작은 체구의 어린 시각장애인 딸이 먼 훗날 혼자 살아가기 위해서는 준비해야 할 게 많았다.

"예나야, 엄마가 선생님께 예나 칭찬을 많이 들었어."

"우와, 진짜?"

"엄마도 너무 기분이 좋다! 기지개 한번 쭉 펴 볼까?"

"응."

늘 그랬듯 엄마는 내 다리를 마사지해 주면서 말했다.

판소리를 시작할 즈음

"예나 다리 힘이 더 세졌으면 좋겠다."
"응? 나 튼튼한 것 같은데?"
"튼튼하긴, 신호등에서 조금만 서 있어도 힘들어하면서?"
"그랬나? 아냐, 그래도 나 튼튼해."
"지금보다 더 튼튼해지면 걸음도 빨리 걸을 거야. 피아노에도 더 오래 앉고."

엄마는 훗날 내가 사회에서 비장애인들과 함께 살아가기 위해서는 무엇보다 혼자서 잘 걷는 게 중요하다고 생각했다. 때문에 먼저 다리힘을 길러 주기 위해 주민센터에서 운영하는 발레 교습 수업에 나를 맡겼다. 발레 수업을 통해 다리에 힘을 기르고 빠르게 걸어 다닐 수 있길 바랐다.

그러나 엄마의 바람과는 달리 발레를 배우다 발을 삐고 말았다. 아파서 울고 있던 내 모습에 엄마는 속상한 목소리를 억누르면서 말했다.

"예나야 괜찮아, 아픈 건 금방 나아."

어린 나이였지만 엄마 앞에서는 다시 일어서야 한다는 것을, 그래야 엄마가 속상해하지 않을 거라고 나는 생각했다.

다리를 다친 딸이 안쓰러웠을까, 엄마가 물어보셨다.

"예나야, 예나는 뭐 배우고 싶어?"

"난, 피아노도 계속 치고. 음, 선생님이 판소리도 잘한다고 했으니까 판소리도 좋아."

엄마는 한참 동안 내 다리를 주물러 줬다.

"그래, 예나가 하고 싶어 하는 거 다 하자."

판소리 시작하다

…

나는 피아노와 판소리 두 개의 떡을 손에 들고 어느 것 하나도 놓지 못하였다. 학생들이 참가하는 피아노경연대회에 나가면 나는 초등부에서 항상 대상을 받았다. 하지만 5학년이 되자 2등으로 밀려났다. 그것은 나에게 충격적인 사건이었다. 가만히 생각해보니 초등학생들도 전문적으로 피아노 교육을 받기 때문에 좋아서 연주를 하는 나와는 달리 다양한 연주법으로 실력이 향상되어 있었다.

시간이 지나면 그 차이가 더 벌어질 것이 뻔했다. 피아노와 판소리 중 한 가지를 선택하여 한 분야에 집중해야 한다는 주위 선생님들의 조언에 따라 피아노를 내려놓기로 하였다. 피아노와 이별하는 것이 아니라 피아노를 죽기 살기로 연주하는 경쟁에서 벗어나 이제부터 피아노와 진정한 친구가 되기로 하였다.

나는 피아노 대신 판소리를 꽉 잡았다.

판소리 학원에 다니게 된 첫날, 그날의 기분을 뭐라고 표현할 수 있을까?

마치 처음으로 해외여행을 온 기분이라고 해야 할까? 장구 소리에 맞춰 누군가가 내던진 시원한 소리가 공간을 가득 채웠다. 저 소리라면 교실에서 교문에 빠르게 닿을 수 있을 것만 같았다.

왠지 모를 자신감이 생겼다.

긍정적인 내 마음에 화답하듯, 배우는 모든 것들이 내 안으로 빠르게 들어왔다.

소리를 멀리, 길게 내던지는 것이 즐거웠다. 내 속에 이렇게 많은 소리가 자리 잡고 있었다니! 배움이 즐거우니 아무리 긴 아니리도 금방 외워졌다.

초등학생 여자아이가 배우는 족족 실력을 보인다는 소식에 많은 사람이 관심을 가져 줬다. 그러나 난관이 찾아왔다. 배움이 깊어질수록 높은 산이 있을 줄이야. 곧잘 따라 했던 창과 아니리는 나아갈수록 새로운 경지를 넘어야 했다. 몸짓과 표정으로 이루어지는 발림은 특히 어려운 숙제였다.

고맙게도 많은 분의 도움으로 하나하나 문제를 해결해 나갈 수 있었다. 울산시각장애인복지관 이병희 팀장님께서 아는 분을 통해 국립부산국악원에 도움을 요청하셨다. 그 덕분에 국립부산국악원 단원인 김미진 선생님을 스승으로 모시게 되어 부산을 오고 가며 판소리를 배워 나갔다.

"감정이 소리에만 있어. 소리, 몸짓, 표정 모든 곳에 감정이 보여야지."

선생님의 엄격한 지적을 받으며 나는 부족한 부분을 하나씩 채워 나가야 했다.

"아니야, 틀렸어. 다시! 다시!"

힘들었다. 태어나 다른 사람의 표정을 본 적이 없는 나로서는 쉽게 정복할 수 없는 산이었다.

"예나야, 선생님 얼굴을 한번 만져 보렴."

주춤할 사이도 없이 선생님은 내 손을 본인의 얼굴에 대고 창을 부르셨다. 오르락내리락하는 눈썹, 가락마다 힘이 들어가는 얼굴 근육들. 소리와 함께하는 표정이 이렇게 다채롭다니!

'맞아, 이렇게 해야 해.'

손끝에 전달되는 선생님의 표정들이 머릿속에 깊이 각인되었다.

"예나야, 선생님 표정에서 읽은 감정을 기억해 봐. 다시 해 보자."

제6회 전국국악경연대회

표정뿐만 아니라 몸짓까지 선생님의 팔과 몸을 만져 가며 배워 나갔다. 그렇게 한 걸음 한 걸음 더디게, 묵묵히 소리를 해 나갔다.

어느 날이었다. 울산혜인학교 담임이신 문희경 선생님께서 나를 부르셨다.

"예나야, 대회 나가자."

내가 매일매일 판소리를 연습한다는 걸 알고 계신 선생님은 이미 엄마와 의논을 하시고, 판소리대회 출전을 알아보고 계신 거였다.

"예나 한복은 붉은색이 어울릴까? 구름같이 하얀색이 어울릴까? 다 예쁘려나?"

선생님은 매년 개최되는 대회 목록을 알아보시고 대회에 입을 옷과 교통편, 대회 전날 준비해야 할 것들을 일러 주셨다. 그때 나는 초등학교 6학년에 불과했다. 한참 어른들한테 판소리를 배우고 있던 터라 내가 대회에 나가는 게 맞는 건가 싶었다.

"그런데 선생님, 제가 대회에 나가도 될까요?"
"그럼 나가야지."
"제가 잘할 수 있을까요?"

"예나보다 잘할 수 있는 사람이 있을까?"
"네, 있을 것 같아요."
"그래, 한번 참가해 보면 알겠지?"

대회를 준비하기로 계획한 날부터 선생님은 나의 매니저가 되어 주셨다.
예쁘다, 멋있다, 잘한다는 칭찬을 아낌없이 해 주시며 대회 준비에 몰입할 수 있도록 물심양면으로 도와주셨다.

"예나야, 명창이 되는데 남들의 평가는 중요하지 않아. 하지만 평가에 익숙해질 필요는 있어."

제6회 전국국악경연대회를 앞두고 선생님은 대회에 참가하는 의미를 일깨워 주셨다.

"예나 파이팅! 상 못 받으면 돌아올 생각하지 마."
"상금 받으면 쏘는 거야? 뭐 사 줄 거야?"

'상금은 무슨. 내가 명창도 아니고. 아직 멀었는 걸.'

친구들의 장난 섞인 응원과 기대를 한몸에 받았지만, 나는 마음을 비우고 있었다. 평가에 익숙해지는 것. 그동안 해 왔던 수많

울산국악전수관 엄영진 선생님께 춘향가 교습받는 중

은 소리 연습의 과정이라 생각하며 대회에 참가했다.

대기실에서 차례를 기다리는 중에도 마음을 비우기 위해 노력했다. 물론 차례가 점차 가까워질수록 마음과는 다르게 복잡한 생각이 드는 것은 어쩔 수 없었다.

마침내 내 차례가 되었을 때 비록 마음을 비우기로 한 목표는 실패했지만, 자신감 있는 모습으로 사람들에게 나의 소리를 들려주겠다고 마음을 다잡고 무대에 올랐다.

수많은 연습과 노력을 통해, 마침내 나만의 판소리를 관객들에게 전달할 수 있는 순간이었다. 다행히 무대에서도 큰 실수 없이 나의 소리를 온전히 노래할 수 있었다.

평가에 익숙해지는 과정을 통해서 성장해 나가는 나 자신이 자랑스러웠다. 그렇게 명창으로 가는 길에 성공적으로 첫걸음을 뗀 스스로 자축하는 와중에, 이럴 수가! 덜컥 대상을 받아 버렸다.

"대상, 울산혜인학교 6학년 최예나!"

사회자의 발표가 끝나자마자 빛의 속도로 엄마와 선생님이 환호성을 질렀다.

대회의 의미

…

"명창이 되는데 남들의 평가는 중요하지는 않아. 하지만 평가가 좋을수록 소리가 좋아지는 건 맞아. 하하하!"

선생님의 호탕한 웃음소리가 유쾌한 에너지로 다가왔다. 첫 수상 이후로 선생님은 내가 출전할 수 있는 판소리대회를 더욱 열심히 알아봐 주셨다. 엄마도 그동안 감추고 있었던 미용 기술을 발휘하게 되었다며 즐거워했다.

"엄마도 예나가 대회에 참가하는 것에 의미를 두었으면 했는데, 이렇게 상을 타 오니까 솔직히 기분이 좋다."

"엄마가 좋아하니까 나도 더 좋아."

"이번 대회에서도 상 받으면 뭐 해 줄까?"

"응? 아무것도 안 해 줘도 되는데?"

"에이 모르겠다. 엄마는 꼭 상을 바라는 건 아닌데, 이번에도 상

받으면 부채 바꿔 줄까? 거문고 새로 사 줄까? 아이고 엄마가 예나 때문에 어린애가 돼 버렸네."

엄마의 동기부여에 더욱 힘을 받았다. '공주 박동진 판소리명창 명고대회'에서 장원을 수상하고, 지방 판소리대회에서도 연달아 대상을 받게 되었다. 얼떨떨하기도 하고 뿌듯한 사건의 연속이었다.

그래도 처음 선생님이 일러 주신 말씀을 잊지 않기 위해 노력했다. 수상 실적이 많다고 명창이 되는 것은 아니기에. 나는 선생님 말씀의 무게가 얼마나 큰 것인지 명심해야 했다. 그 덕분에 나는 여러 대회에서 상을 받아도 자만하지 않을 수 있었다. 새벽부터 일어나 짐을 챙기고 머리를 해 주는 엄마, 학교 일로 바쁜 와중에도 모든 일정을 꼼꼼히 챙겨 주시는 선생님, 나를 위해 멀리서 와 주시는 고수 선생님들. 고마운 분들을 생각하면 내가 잘해서 상을 받았다고 말할 수 있을까?

이런 내게도 특별히 의미 있는 대회가 있었다. 대한민국장애인예술경연대회 '스페셜K'. 시각장애인인 나의 정체성에 대해 한참을 고민할 시기였다.

"엄마, 나 이 대회에 꼭 나가고 싶어."

"그래, 엄마도 꼭 한 번 직접 보고 싶었어. 전국의 모든 장애예술인이 참여하나 봐."

울산 청소년 판소리예술단

대한민국장애인예술경연대회, 스페셜K 대상 수상

국악방송TV <호락호락 젊은 국악> 출연

흔히들 사람들은 시각장애인은 시력 대신 다른 재능을 타고났을 거라고 얘기한다. 정말 그런지 아닌지는 솔직히 잘 모르겠다. 그냥 온전히 내 노력을 알아봐 줄 거란 생각이 들었다. 나처럼 장애를 지닌 사람들 속에서 수상하게 된다면 말이다.

〈심청가〉, '심봉사 눈 뜨는 대목' 정말 열심히, 그리고 오래 연습해야 했다. 평소답지 않게 긴장을 한 탓일까. 좋은 컨디션으로 예선을 통과하고 나서, 하필이면 결선 전날에 몸살을 앓았다. 끙끙거리는 소리를 내며 누워 있는 와중에도 '소맹이 아뢰리다 소맹이 아뢰리다' 하며 심청가를 읊었다. 이번 대회는 학생 최예나가 아니라 장애예술인 최예나로 서는 무대라는 생각이 내내 떠올랐다.

서울에서 열리는 결선 대회 날, 나는 〈심청가〉에 대해서도 다시 한 번 생각했다. 수많은 사람에 의해 불리는 〈심청가〉, 그 안에 담긴 비장미와 해학을 나만의 소리로 불러야 한다. 그 시간이 다가왔다. 마침내 무대 위에서 수없이 연습했던 소리를 펼쳤다.

"예 소맹이 아뢰리다 예 소맹이 아뢰리다 소맹이 사옵기는 황주 도화동이 고토옵고 성명은 심학규요 을축년 삼월달으 산후달로 상처허고 어미 잃은 딸자식을 강보에다 싸서 안고 이집 저집을 다니면서 동냥젖을 얻어 멕여 계우 계우 길러 낼 제 효성이 출천하야 애비 눈을 띄운다고 십오세 때 남경장사 선인들게 삼백석에 몸이 팔려 인당수 제 수구로 죽은 지가 삼 년이요 눈도 뜨지를 못하고 자식만 팔아먹었시니 자식 팔아먹은 놈을 살려 두어

쓸 데 있소 당장에 목숨을 끊어 주오."

한껏 기운을 쏟고 몸살 기운이 올라오는 상태에서 최종 수상자 발표 자리에 섰다. 대상 수상자로 내 이름이 호명되는 소리가 멍멍하게 들렸다.

"감사합니다!"

모든 사람에게 내 마음이 닿기를 바라며, '감사합니다.'라는 말을 계속 되뇌었다.

"대회의 의미, 항상 기억할게요."

큰 대회를 치르고 다시 일상으로 돌아왔다. 잠시 여유로운 시간을 가지면서 엄마와 같이 산책 다니고 목욕탕에도 가고, 맛있는 음식을 사 먹으며 소소한 즐거움을 느낀다. 평화로운 날들 속에서 나는 어느새 고등학교 3학년이 되었다. 변함없이 소리 연습에 매진하고 있었지만, 진학이라는 큰 과제가 코앞으로 다가왔다. 반 친구들도 모두 고민이 많았다.

"선배들은 특수교육학과에 많이 가더라."
"나는 공무원 준비할까 봐."

KBS <국악한마당> 출연

KBS <국악한마당> 출연

학교 후배와 함께

"사회복지학과 전공자만 따로 뽑는 것도 있더라. 우리 선배들도 많대."

"참, 예나는?"

내 대답을 듣기도 전에 이미 자기들끼리 결론을 냈다.

"예나는 당연히 전통음악이지? 한국음악인가?"

"응, 나는 국악 배울 수 있는 학교 가고 싶어."

"맞아, 너는 국악을 해야 해. 판소리 계속할 거지?"

"야, 그럼 예나가 판소리를 하지, 발라드를 하겠냐?"

사실 나는 발라드뿐만 아니라 댄스곡도 좋아하는데, 친구들은 나의 다양한 취향을 모르고 있다. 그리고 또 한 가지, 한국예술종합학교 입학을 꿈꾸고 있다는 사실도 아직 아무도 모르고 있다. 한예종의 전통예술원! 이름만 들어도 설렌다. 내가 다니는 특수학교 특성상 내신성적에 상한선이 있다. 이 점 때문에 높은 경쟁률을 뚫고 합격할 수 있을지 걱정이 들었다. 담임 선생님도 나의 마음을 알고 계셨다.

"예나는 예나가 지금 할 수 있는 것에 집중하자. 내신은 이미 정해진 규칙대로 반영될 수밖에 없으니, 자기소개서랑 실기시험을 철저히 준비해 보자꾸나."

武運長久

선생님은 내 마음을 꿰뚫고 계셨다.

"지금처럼 꾸준히 해 왔던 대로 하면 돼!"

나중에 알았다. 만약 내가 한예종에 합격하게 된다면, 전통예술원 최초의 시각장애인 입학이 되고, 혜인학교에서도 최초의 합격자가 배출되는 사건이기 때문에, 선생님도 평소와 다르게 긴장이 되셨다고 한다. 마치 대회를 앞두고 있을 때의 내 모습처럼 말이다.

"요즘은 예나 덕분에 선생님이 매일 긴장되네. 마치 국가대표 선수 뛰는 모습을 애타게 바라보는 감독같아."
"평소대로 준비하라고 하셔서 전 더 평정심을 유지하고 있는데요 헤헤."

전투적으로 입시를 준비해 주신 담임 선생님 덕분에 울산진로진학지원센터의 심광윤 멘토 선생님과도 인연이 닿았다.

"담임 선생님께서 예나가 꼭 한예종에 들어가야 할 학생이라고 여러 번 말씀하시는구나!"

멘토 선생님은 나의 교과 수업뿐만이 아니라 동아리 활동, 봉사 활동, 수상 기록 등을 꼼꼼히 살펴보시며 자기소개서 작성 방

향을 지도해 주셨다. 자기소개서 초안을 살펴보니 판소리 대회에 집중하느라 놓치고 있던 부분들이 발견되었다. 멘토 선생님은 매일 새로운 통찰력으로 정교한 내용이 완성되도록 도와주셨다.

멘토 선생님과의 상담 시간에 문득 이런 생각이 들었다. 내가 판소리를 사랑하는 이유, 그리고 그 사랑을 통해 세상과 어떻게 소통할 수 있는지를 더욱 깊이 생각하게 되었다. 멘토 선생님은 나에게 단순히 좋은 글을 쓰는 법을 가르쳐 주신 것이 아니라, 내 인생의 방향성을 다시 한 번 깨닫게 해 주셨다. 담임 선생님도 마찬가지다. 밤늦게까지 교내 활동 기록을 찾아보시며, 내가 놓친 부분들을 하나하나 짚어 주셨다. 선생님께서 말씀하신 한 마디 한 마디가 나에게 큰 힘이 되었다. 그 덕분에 나는 내가 왜 한예종에 가야 하는지, 그리고 그곳에서 무엇을 이루고 싶은지를 더 명확하게 알게 되었다

"예나가 정말 노력을 많이 했구나. 이렇게 차곡차곡 좋은 소재를 준비해 놨으니 결과가 좋을 수밖에. 기대되는 걸."

선생님들의 애정 어린 격려에 힘입어 한예종에 원서를 내고 실기시험을 차분히 준비할 수 있었다. 늘 그랬듯 한 걸음씩 반듯한 발걸음으로 걷다 보면 어느새 나도 모르게 목표에 다다를 수 있을 것 같았다.

시험장의 안과 밖

...

이른 새벽. 알람이 울리기도 전 눈이 떠졌다. 나만 그런 게 아니었다. 엄마가 씻는 소리가 들렸다. 한예종 실기시험 날의 아침이 시작되었다. 정오까지 시험장에 입실하면 됐지만, 집에서 거리가 멀기에 조금 더 일찍 일어나 준비를 시작했다.

"예나야 떨리나?"

"아니, 나 하나도 안 떨려. 괜찮아."

"하도 큰 대회를 자주 다녀서 이제 하나도 안 떨리나 보네. 좋다!"

엄마의 씩씩한 목소리에 기운을 받으며 서울로 향하는 길. 예상치 못한 변수가 생겼다. 길이 너무 막혔다. 마음을 졸이며 겨우겨우 학교 주차장에 도착해 보니 시간은 11시 50분을 가리키고 있었다. 10분만 지나면 시험장에 들어갈 수 없다. 후다닥 시험장 건

물에 도착하니 안내요원이 우리를 알아봤다.

"최예나 학생? 하마터면 늦을 뻔했네요. 이리로 오세요."

엄마는 이때부터 가슴이 철렁했다고 한다.

"저, 우리 예나가 앞을 못 봐요. 어딘지 알려 주시면 제가 데려갈게요."

"아, 죄송합니다. 저, 그런데 실기장엔 지원자 본인 말고는 들어갈 수가 없어요."

'그럼 어떡하지'라는 말을 삼키며 엄마는 나를 데리고 가는 안내요원을 바라볼 수밖에 없었다고 한다. 그 짧은 순간에도 내가 들고 간 생수병의 물이 적다는 걱정과 나 혼자 화장실은 어떻게 갈 것이며, 대기자 공간에서 외롭게 방치되어 있을 내 모습이 상상되었다고 한다.

엄마의 근심과는 다르게, 나는 대기실에 잘 도착해서 씩씩하게 물 한 잔을 요청했고, 중간에 화장실도 안내받았다. 힘든 점이 있었다면 맨 마지막 차례인 탓에 3시간이 넘도록 시험순서를 기다려야 한다는 것이었다. '엄마 혼자 밖에서 심심하겠군. 같이 있으면 좋은데.'라는 생각을 하며 틈틈이 마지막으로 실기 연습을 했다.

나중에서야 알았다. 내가 대기실에 있는 시간 동안, 엄마는 건물 밖에서 펑펑 울고 있었다는 것을. 엄마는 한 번도 예상치 못한 일로 나와 떨어져 본 적이 없었다. 실기시험장의 사건은 엄마 인생에서 단 한 번의 예상치 못한 일이었던 거다.

엄마는 내가 미아가 된 것처럼. 혹은 본인이 미아가 된 것처럼 모든 걸 잃어버린 기분으로 대낮에 한참을 울었다. 건물 안 어디쯤 내가 있을지, 건물 밖을 빙빙 돌며 눈이 부을 정도로 울었다고 한다.

밖에서 엄마 혼자 미아처럼 떠돈 줄도 모르고, 실기시험은 평이하게 끝나 버렸다. 준비했던 판소리를 부르고, 면접위원들의 질문에도 막힘없이 대답했다. 울산진로진학지원센터의 멘토 선생님과 담임 선생님이 조언해 준 면접 준비 덕분에 만족스럽게 시험을 치를 수 있었다. 시험이 끝나고 다시 안내를 받으며 건물 밖으로 나오는데, 엄마를 발견했을 안내요원이 당황하는 기척이 느껴졌다.

"예나야… 고생했어… 이리 와."

울음기 가득한 목소리로 엄마는 나를 와락 안았다. 엄마의 옷이 여기저기 젖어 있었다.

일상 속에서

...

"엄마 왜 그랬어."

집에서 나를 위해 울어 준 엄마를 장난식으로 놀렸다.

"정말 너를 영영 잃어버리는 기분이었다니까. 예나는 엄마 마음 모를 거야."

"흐흐흐. 웃기다."

"엄마 정말 무서웠어. 네가 없으니까, 정말로!"

나는 엄마를 놀리면 안 되었다. 엄마가 정말 고생했구나, 밖으로 나간 엄마가 설거지하는 소리가 들리자 그제야 나도 눈물이 났다. 웃기기도 하고 슬프기도 한 해프닝이지만 엄마의 슬픔은 진짜 슬픔이었다.

전에도 가끔 깊은 생각에 빠져 나도 모르게 또르르 눈물을 흘린 적이 있었다. 온종일 소리 연습을 하다 보면 지치기도 했고, 정체되어 있다는 생각에 무기력감에 빠지기도 했다. 내 또래 누구나 겪는 사춘기 감성이 더해져 때로는 하루 내내 아무 말 없이 음악만 들으며 지냈다.

그 슬럼프를 극복하는 데엔 별다른 방법이 없었다. 그냥 일상으로 돌아오는 것. 습관이 된 나의 일상을 저항하지 않고 받아들이다 보면 다시 소리에 빠져들게 된다.

'엄마에게도 '나'라는 일상이 갑자기 사라졌었나 보다. 순간 엄마는 공황처럼 무거운 슬픔을 느꼈겠지, 엄마를 위해서 나 스스로를 더 소중히 해야겠다, 얼른 합격해서 엄마도 나도 서로 기뻤으면 좋겠다.'

그런데 가만히 생각해 보니 나만 시험을 잘 봤을까? 라는 의문이 들었다. 입시 경쟁률을 떠올려 보니 새삼 절망감이 밀려왔다. 전국의 예고 학생들은 또 얼마나 많은데. 만약 떨어지면, 엄마가 울까 봐 속상한 마음이 들었다.

매일 날짜를 계산해 가며 합격자 발표일을 기다렸다. 그리고 애써 태연한 척했다.

"엄마, 나 한예종 안 되면 선생님 하는 것도 좋겠지? 판소리 가르치는 선생님."

장애 없는
따뜻한 세상
따뜻한동행
Walk Together
따뜻한동행

엄마도 나의 마음을 알고, '안 돼도 괜찮아!'라고 답해 주었다.

"나도 괜찮아 엄마, 뭐가 되든 난 계속 소리를 할 거니까."

합격자 발표날, 애써 유지했던 평정심이 흔들리기 시작했다. 아침부터 초조한 마음으로 휴대전화를 꼭 쥔 채 소식을 기다렸다. 만약 떨어지게 된다면 엄마에게 어떤 말로 위로를 해야 할까, 평소와 다르게 엄마는 아무 말도 없이 부엌일을 하고 있었다.

'띠링.' 문자메시지 수신 소리에 엄마가 방으로 뛰어왔다. 엄마가 뛰어오는 속도는 정말 빛의 속도처럼 빨랐을 것이다. 문자 내용을 먼저 읽은 엄마가 나를 포근히 안았다.

"예나야! 예나야! 정말 잘했어, 예나야 고생했어!"
"엄마! 진짜 나 합격한 거야?"
"아이고 장해. 내 딸, 정말 장하다!"

엄마와 나는 한동안 껴안고 제자리를 뛰며 기쁨을 감추지 않았다.

새롭게 시작

...

한예종에 합격한 소식이 알려지자 울산혜인학교 교장 선생님을 비롯하여 많은 분께 축하를 받았다. 스승님들과 친구들은 물론 동네 이웃분들의 축하에 정신이 없었다. 그 와중에도 엄마는 많은 것을 준비하고 있었다.

"서울 월세가 만만치 않네."

"엄마, 우리 이사 가게?"

"아니, 학교 근처로 방 얻어야지. 그 먼 거리를 통학할 순 없잖니."

"아, 맞다."

"학교 다니는 동안에 평일은 서울에서 살고, 주말이랑 방학에는 집에 내려와야겠다."

"괜찮을까?"

미처 몰랐다. 합격의 기쁨과는 별개로, 서울의 대학 생활은 준비해야 할 일이 수만 가지가 있었다. 자취방에서의 통학 거리와 학교 내 이동 동선, 학습 도우미한테 도움을 받을 수 있는 범위, 실기수업 등등. 전교생이 장애 학생인 울산혜인학교의 상황과는 꽤 달랐다. 소수에 포함되는 나와 같은 장애인은 비장애인 중심의 학교 인프라에 적응해 나가야 했다.

"걱정하지 마, 엄마만 믿어."

엄마가 여러 번 서울을 오고 간 끝에 적당한 자취방을 계약했다. 입학까지 얼마 남지 않은 시간 동안 거의 엄마 혼자 온종일 짐을 꾸리고, 힘겹게 자취방으로 한가득 짐을 실어 보냈다.

"우리 딸은 소리 하느라 힘들고, 엄마는 몸 쓰느라 힘들고, 쌤쌤이지 뭐."
"난, 엄마보다는 그렇게 힘들진 않은 것 같아."

단단하게 뭉쳐 있는 엄마의 어깨를 주무르며 다짐했다. 이렇게 고생하는 엄마의 노력이 헛되지 않도록, 대학 생활에 충실하겠다고 굳은 다짐을 품고 엄마와 함께 서울로 향했다.

그때 그 친구들처럼

…

학교 캠퍼스에 발을 디디며 낯선 공간을 인지해 나갔다.

"예나야, 여기가 전통예술원 건물이네. 예상했던 것보다 더 멋있다."

엄마는 나를 데리고 다니며 여러 건물을 설명해 주었다. 우리는 곧 시작될 신입생 오리엔테이션 전까지 학교 곳곳을 걸어 다녔다. 학교는 정말 넓었다. 마치 앞으로 공부해야 할 수많은 시간을 펼쳐 놓은 것 같았다.

학생들이 지나다니는 소리에 문득 울산혜인학교 친구들이 떠올랐다. 각자 다른 학교의 OT에 참석하고 있으려나? 선생님은 지금 뭐 하고 계실까? 낯선 공간에 있다 보니 그리움이 크게 밀려왔다. 벌써 이러면 안 되는데, 옆에 있는 엄마가 눈치채지 않도록 마음을 다잡아야 한다.

"예나야, 시간 됐다. 들어가자."

엄마와 함께 신입생 OT가 열리는 소극장으로 들어가 자리를 잡으려는데, '어머님, 안녕하세요!' 밝고 고운 목소리로 반갑게 누군가 반갑게 인사한다. 누군지 모르겠다. 설마 날 보러 울산에서 온 친구인가?

"어머, 또 보네요. 반가워라."
"엄마, 누구야?"
"저번에 실기시험장에서 본 언니야."

와락 반가움이 밀려왔다. 알고 보니 학교 선배였다. 실기시험장에서 물도 떠 주고, 화장실도 데려다 준 그 언니가 학교 선배라니. 마치 오래 알고 지내 온 친구처럼 선배 언니는 따듯하게 나를 맞이해 줬다. 친구들이 그리워서 쓸쓸했던 마음이 아무는 순간이었다.

그렇게 즐거운 대학 생활이 시작되었다. 감사하게도 교수님들로부터 많은 격려를 받을 수 있었다. 어느 날엔가 채수정 교수님께서 해 주신 말씀 덕분에 나는 마치 단단한 갑옷을 입은 것처럼 자신감을 얻었다.

"예나 정도의 실력은 돼야 우리 한예종에 들어올 수 있지."

한예종 종합성악실기 강의시간 적성테스트 중 예나를 위해 직접 읽어주시며 표기하시는 채수정 교수님과 함께

채수정 교수님 연구실에서 제1회 월드판소리페스티벌 준비과정 취재 조선일보 기자님,
가야금병창 박혜련 교수님, 마포로르 선배님과

나는 몸 둘 바를 몰랐지만, 내심 기분이 좋았다.

첫 학기에는 정말 많은 일이 있었다. 내가 전통예술원 최초로 입학한 시각장애인이다 보니 소소한 해프닝들이 벌어졌다. 시각장애를 온전히 이해하지 못하는 분들이 가끔 이름을 부르지 않고 말없이 손으로 방향을 가리키며 안내를 해 주기도 했다. 또 내가 다칠까 봐 벽을 바라보게 앉혀 주는 경우도 있었다. 다들 악의 없이 무심코 한 실수였다. 금방 미안함을 표현해 준 덕분에 나는 씩씩히 학교생활에 적응해 나갔다.

한번은 공통필수 한자 강의가 개설되었는데, 소리나 악기 수업과는 달리 한문을 습득하기가 어려워 도통 수업을 따라가기 힘들었다. 강의하시는 김유석 교수님은 내게 미안해하셨다. 엄마도 나에게 정 힘들면 강의를 듣기만 하자고 했다.

"아냐, 한번 공부해 볼게."

그리고 수업 시간에 가야금병창 동기 가현이에게 한문을 어떻게 익혀야 할지 논의했다. 가현이는 멈춤 없이 내 손을 잡고 교수님이 가르치시는 글자를 공책에 적었다.

"이런 모양이야. 한문이 어렵지? 나도 그래. 세종대왕님 최고!"

제1회 한국예술종합학교 전통예술원 성악정기연주회

예전 스승님의 얼굴에 손을 대고 발림을 익힌 것처럼. 나는 가현이의 손을 잡고 글자 모양을 가늠해 나갔다. 정말 하나같이 다들 좋은 사람들이다. 울산혜인학교의 친구들과 선생님들처럼 말이다. 한예종의 선배와 동기들, 교수님들도 울산혜인학교에서의 인연과 다를 바 없었다. 정말 최고였다.

특별한 자취생활

···

학교 수업이 없는 날에는 엄마와 함께 자주 시장에 간다. 자취방으로 머무르고 있는 오피스텔 근처에 재래시장이 있다. 시장에서 엄마와 함께 과일을 고르고, 여기저기 운동 삼아 한참을 걸어 다녔다.

"엄마, 그런데 자취생활이 원래 따로 나와서 혼자 사는 거 말하는 거 아냐?"
"그렇지."
"그럼 나는 자취는 아니잖아. 매일 엄마랑 있으니."
"그런가? 그런가 보다."

엄마와 옥수수를 사 먹으면서 이런저런 얘기를 나눴다.

"엄마가 생각하기에는 자취생활이 혼자 사는 거 말하는 게 아

lbk <together> 음원 발매 연습 중 멘토 억스 보컬 서진실 선생님과 함께

닐 거야."

"그럼?"

"돈이 많이 드는 게 자취생활이야. 이거 다 돈이야. 따로 돈 나가는 게 자취야."

엄마의 농담에 한참을 웃었다. 나도 알고 있다. 공연에 입을 한복을 맞춰 오기 위해 시장에서 발품을 팔고, 조금이라도 절약하려고 이것저것을 직접 만들고 다듬어 주는 엄마. 엄마는 나를 키우면서 계속 자취생활을 해 온 거나 다름없었다.

"돈은 얼마든지 들어도 좋아. 예나가 명창이 된다면."

엄마의 고생을 조금이라도 덜기 위해 나는 초대되는 공연이 있으면 먼 거리라도 달려갔다. 나보다 엄마가 준비하는 게 많았지만, 자취생활의 짐을 함께 지고 싶었다.

국악방송 녹화, 장애인의 날 행사, 지자체 공연 등 다양한 무대에 참여했다.

무대에서 소리를 하는 것만으로도 행복하다. 그리고 자취의 짐을 조금씩 질 수 있어서 행복하다. 때문에, 작은 무대에서도 나는 열정을 다해 소리를 한다.

함께 아리랑

…

어렸을 적 피아노를 통해 익힌 음악적 감각은 판소리를 공부할 때도 유용했다.

다양한 예술 장르는 시너지가 되어 준다. 발레를 하다 삔 발목은 아픈 기억을 디디며 바른 자세를 갖추게 해 준다. 대중가요의 빠른 리듬은 아니리를 비교하게 하고, 음악의 다양성을 탐색하게 해 준다. 신기하게도 나에게는 모든 게 새로운 재료가 되어 준다.

기업은행에서 장애예술인을 지원하는 프로젝트에 참여하게 되었다. 거장 양방언 선생님이 편곡하신 〈함께 아리랑〉이란 작품에서 바이올린, 피아노 병창, 보컬 등의 다양한 역할을 가진 예술인들과 어울렸다. 그 안에서 신명 나게 소리를 불렀다.

그동안은 전통음악 안에서만 소리를 했지만, 서로 다른 음악적 배경을 가진 예술인들과 공연을 한 느낌을 표현하자면, 마치 전통음악이 타임머신을 타고 미래에 도착한 것이라고 해야 적절할까?

국악방송TV <호락호락 젊은 국악> 출연

제23회 명창 박록주 전국국악대전

완성된 음악을 들으니 '국악이 이렇게 재탄생할 수 있구나!'라고 새삼 느끼게 된다. 처음부터 그랬던 것처럼 나의 소리가 피아노와 바이올린을 타고 있었다. 전통 방식대로 소리를 재현해 나가다가도 이렇게 새로운 시도를 경험해 보면 마치 풍요로운 자원이 넘치는 무인도를 발견하는 것 같았다.

자유자재로 변주곡을 연주하는 예술인처럼, 나도 소리의 경지에 올라 다양한 융합과 변주를 완성해 나가고 싶다. 내게 큰 영감을 준 프로젝트 경험을 발판 삼아서, 차곡차곡 연습해 나가면서 말이다.

"예나, 또 걸그룹 노래 듣는 거 아니지?"

엄마의 감각 또한 일정한 경지를 넘어선 듯하다.

"응, 엄마 나 융합예술 음악 듣고 있어."

조금만 더 듣고 소리를 해야지 하면서 나는 여러 무인도를 찾아보고 있다.

따듯한 날들 속에서

…

여느 때처럼 학교로 향하는 차 안. 창문을 내리고 손을 조금 내민다. 손가락을 누르는 바람의 무게가 좋다. 물장난을 치듯, 피아노 치듯 휘젓다 보면 어느새 학교에 도착할 시간이 된다.

오늘은 엄마에게 해야 할 말이 있었다.

"엄마, 고마워!"

천천히 주차하던 엄마는 갑작스럽다는 표정으로 나를 힐끔 쳐다봤을 것이다.

"오늘, 어버이날이잖아."

잠시 후 코를 훌쩍이는 소리가 들린다. 설마….

"엄마 감기들었어?"
"오뉴월에 무슨 감기야, 훌쩍."
"설마, 엄마 우는 거야?"
"응."

나중에 전해 들은 이야기지만 엄마는 내가 수업에 들어간 뒤에도 차 안에서 한참을 울었다고 한다. 딱히 준비한 선물도 없었는데, 고맙다는 말 한마디가 선물이 되었나 보다.

내 속에는 일상의 모든 사람에게 늘 고맙다는 마음을 품고 있지만, 소리로 내 감정을 표현하는 데에 익숙해지다 보니 엄마에게도, 또 친구들에게도 굳이 내 진심을 말하지 않게 된다.

내 마음속 진심을 자주 이야기해야겠다. 특히 엄마에게.

난 이제 겨우 이십 대 초반을 지나고 있다. 앞으로도 얼마나 많은 날을 고마운 사람들과 함께하게 될까? 아주 오래오래 그랬으면 좋겠다.

미숙아로 태어나 어엿한 대학생이 되는 동안 함께 기뻐하고 안쓰럽게 여겨 준 분들이 많다. 일일이 고맙다는 말씀을 드리지 못해 미안한 마음이 든다.

따듯한 햇살이 감싸듯, 나의 소리도 고마운 분들에게 밝게 다가갔으면 좋겠다. 매일 소리를 연습하는 것이, 나의 실력을 갈고닦는 것이, 내 소리에서 빛이 나는 방법이란 걸 알고 있다.

나는 고마운 분들을 향해 작은 빛을 내고 싶다.

엄마!

내가 받은 사랑에 진심으로 감사해. 이 감사의 표현은 엄마가 나에게 준 사랑에 비하면 정말 작은 것이지만, 항상 갚고 싶어하는 내 마음을 알아줬으면 해.

나에게 세상이 얼마나 아름다운지 알려 주느라 오랜 시간 동안 엄마는 땀과 눈물을 감추어 왔다는 것을 깨닫게 됐어. 내가 다쳤을 때, 시험장에서 잠시 떨어져 있었을 때, 새로운 장소에서 헤매고 있을 때, 엄마는 나보다 더 불편해하고 아파했잖아. 엄마가 경험했던 아픔이 나에게는 없었으면 하는 그 마음을 이제야 조금씩 알아 가고 있어.

그래서 꼭 이 말을 해 주고 싶었어.

엄마는 볼 수 없는 나에게 세상이 얼마나 경이로운 것인지를, 내 머릿속에 참 예쁘게 그려 주었어. 엄마의 목소리로만 듣던 꽃의 색이나 바람에 흔들리는 나무의 모습, 푸른 하늘과 밤하늘의 별들을 선명히 생각나도록 말야. 모든 것이 엄마의 목소리를 통해 내 마음속에 새겨졌어. 나의 등대가 되어 주어서 고마워!

이렇게 편지로 마음을 전하려니 참 어색하기도 하고, 또

한국예술종합학교 정기연주회 대기실 앞에서 동기 가현이와 함께

lbk 음원 발매 프로필 촬영 중 서진실 선생님과 함께

울산 중구 문화의전당예술제 공연 대기실에서 이치종 고수님과 함께

진심이 다 전해질까 걱정도 되네. 하지만 내가 이 글을 쓰면서 느끼는 고마운 감정들이 엄마에게 전해지길 바래.

내가 앞으로 어떤 길을 걷든, 어떤 도전에 직면하든, 모두 헤쳐 나갈 수 있을 거라는 믿음과 자신감이 생겼어. 엄마가 나에게 준 큰 선물인 거 같아.

엄마에게 약속할게. 나에게 남아 있는 많은 시간을 오롯이 행복한 날들로 꾸며 나갈게. 언제나 행복한 딸이 될게.

예나야!

그거 아니?

엄마는 남들보다 더 큰 목소리를 내고 있어.

예나의 성량에 비하면 한참 작지만 말이야. 자동차 소리가 뒤덮인 도로 위를 함께 걸을 때도, 처음 가는 장소를 헤맬 때도, 새벽같이 일어나 달려간 대회장에서 사람들 사이를 헤집고 다닐 때도, 엄마의 목소리는 점점 커져서 예나를 붙잡게 되더구나.

다행히 착한 우리 딸은 엄마의 소리를 든든한 밧줄처럼 꽉 잡아 주었지. 언젠가 네게 무슨 일이 있었는지 골똘히 생각에 잠겨 또르르 눈물을 흘리는 걸 봤어. 우리 딸이 성장통을 겪나, 내가 모르는 무슨 일을 겪었나, 얼마나 걱정되었던지. 엄마는 할 수 있다면 모든 슬픔을 대신 짊어지고 싶

었단다. 그리고 어느 순간부터 예나가 엄마의 버팀목이 되어 주더구나. 엄마가 겪는 어려움을 헤아리고 공감하려고 하는 모습을 봤어. 다시 엄마의 농담에 발랄하게 웃어 주어서 얼마나 다행이었는지. 예나의 표정, 몸짓 하나하나에도 엄마는 함께 웃고 울게 돼. 훌쩍 자라서 대학생이 된 지금도 여전히 그렇단다.

매일 학교를 오가는 차 안에서 오늘 하루 예나에게 어떤 우주가 펼쳐지게 될까 생각하면 엄마도 늘 설레. 예나가 원하는 학교에 다니면서 마음껏 배우고 있는 지금이 참 좋단다. 그동안 얼마나 많은 사람이 예나를 응원했는지 알지? 예나가 병원 인큐베이터에 있었을 때부터 지금까지 많은 분이 애써 주시고 응원해 주셨어. 엄마는 가끔 그분들의 은혜를 온전히 갚아야겠다는 생각에 조급한 마음이 들기도 했단다. 그런데 되돌아보니 예나가 행복하게 사는 것이 그분들의 은혜에 보답하는 길이란 걸 알게 됐어. 살아가면서 영광의 순간만 있는 게 아니란 걸. 우리 예나도 알아 가고 있다고 생각해서 넘어지는 상황이 와도 괜찮아. 아무리 파도가 거칠더라도 크게 보면 잔잔한 바다 일부분이야. 고난과 영광, 그리고 일상생활의 모든 게 예나를 성장시켜 줄 거란 걸 믿으며, 함께 꿋꿋이 나아가자.

<심청가> 부르는 최예나에게 심청이가 보인다

…

예나는 대학생인 지금도 초등학생처럼 보일 정도로 체구도 작고 얼굴이 귀엽고 해맑다. 예나는 그 작은 몸으로 정말 많은 것을 이루어 냈다. 빛이란 존재를 모르는 예나는 자기 손에 닿는 악기는 배우지 않고도 연주할 수 있는 절대음감으로 음악에 천재성을 갖고 있다. 피아노는 물론이고 가야금 연주도 수준급이다. 가야금 12현은 기본이고 25현 가야금도 손끝으로 현을 찾아서 연주를 한다. 예나는 악기를 연주하면서 빛을 느끼고 있는 듯하다.

예나는 울산혜인학교 초등부터 고등부까지 12년을 다녔기 때문에 학교가 집처럼 편하다. 선생님과 학생들 모두 가족처럼 유대 관계가 단단하다. 판소리를 하면서 예술고등학교에 진학해야 대학 입학이 수월하다고 주위에서 조언을 해 주었지만 엄마는 실력만 있으면 특수학교에서도 얼마든지 원하는 대학에 합격할 수 있다는 소신을 갖고 있었다.

예나는 암기력이 뛰어나서 전교생이 참여하는 골든벨에서 항상

1등을 하여 친구들에게 실력자로 인정을 받았다.

엄마는 예나가 수줍은 아이처럼 보여서 늘 걱정을 했지만 고등학교 2학년 말에 전교학생회장 선거에 출마하여 압도적인 지지를 받아 회장이 되었다. 예나는 학교 방송반 활동을 하며 원고를 준비하고 그것을 말로 표현하는 능력이 생겼다. 그래서 전교학생회장으로 전교생 앞에서 자신의 생각을 분명하게 밝혔다. 그러자 친구들이 '우유 빛깔 최예나!'라고 외치며 예나를 응원해 주었다.

예나는 전교학생회장이 된 후 리더십을 발휘하였다. 특수학교 동아리 축제인 아람제에 참가하기 위해 울산혜인학교 예술동아리를 결성하여 출품 작품을 만들고 동아리 회원 각자에게 역할을 주어 연습을 하였다. 동아리 연습을 지도할 때 예나는 특별한 능력을 보였다. 예나에게 저런 지도력이 있었나 싶어서 엄마도 놀랄 정도였다.

울산혜인학교 대표로 아람제에 출전하기 위해 준비를 하면서 예나는 많은 것을 경험하며 한 뼘 더 성장할 수 있었다. 입시를 준비해야 하는 고3 때 전교학생회장을 하며 시간에 쫓기기는 했어도 도전 정신과 성취에 대한 자신감을 가질 수 있었다.

판소리경연대회에 나가려면 예나가 워낙 작다 보니 한복을 맞춰야 하고, 고수와 함께 출전을 해야 해서 고수 사례비가 필요하다. 다행히 엄마가 미용 기술이 있어서 이 부분은 엄마가 해 주고 있다. 공연 요청이 들어와도 엄마는 선뜻 길을 떠나지 못한다. 이동

고3 담임 선생님, 실무사님, 반친구들과 함께

울산시 시각장애인복지관 개관 20주년 기념식에서

에 소요되는 비용이 출연료보다 더 들곤 하기 때문이다. 개인 발표회는 엄두도 내지 못했다. 대관부터 팸플릿 인쇄 등 비용이 만만치 않기 때문이다. 엄마는 예나의 판소리 실력을 닦는 것이 우선이라고 믿고 판소리 경연대회에 꾸준히 도전하였다. 대회 준비를 하며 연습을 하다 보면 확실히 실력이 향상되었다.

2017년 11월 4일, 드디어 첫 개인 무대가 마련되었다. 〈흥부가〉 완창 발표회였다. 소리꾼의 목표는 완창이기에 예나에게는 아주 중요한 일이었다. 울산박물관 대강당에서 그동안 예나의 활동을 위해 많은 지지를 보내 주셨던 분들을 모시고 2시간 30분 동안 예나는 실수 없이 〈흥부가〉를 완창했다. 무대에 선 예나가 아주 커 보였다. 소리꾼으로서 최예나가 완성되는 순간이었다.

〈심청가〉 완창도 준비를 했었지만 코로나로 못하고 있다가 대학 입시 준비 때문에 미루고, 대학에 입학하니 학교 수업 따라가기 바빠서 발표회는 생각도 못하고 있지만 〈심청가〉 완창은 이미 준비가 되었기 때문에 언제든지 할 수 있다.

예나는 자기가 하고 싶은 것을 즐기면서 하기 때문에 행복하다. 그래서 항상 웃는다. 엄마는 힘들더라도 예나는 마냥 즐겁다. 판소리 〈심청가〉 중 '심봉사 눈 뜨는 대목'을 부르는 최예나는 소리꾼으로서 대중을 압도한다. 대중이 그녀의 소리에 교감하는 것은 최예나에게서 심청이가 보이기 때문이다. 그 누구보다 최예나가 심청이 마음을 잘 이해하기 때문일 것이다.

소리꾼에게 시각장애는 단점이 아니다. 오히려 장점이 될 수 있다. 그래서 영화 〈서편제〉에서는 송화를 진정한 소리꾼으로 만들기 위해 앞을 볼 수 없게 만든다.

최예나를 소리꾼으로 키우는 것을 개인의 노력이나 가족의 헌신에만 맡길 것이 아니라 우리 사회가 함께 최예나가 진정한 소리꾼으로 성장하도록 지원하며 응원해야 한다.

최예나

한국예술종합학교 전통예술원 입학(2023.03.)

2023. 11. 장애인문화예술발전 표창
2023. 10. 울산병영교방문화재 심자란전국국악경연대회 최우수상
2023. 09. 제23회 명창 박록주 전국국악대전 최우수상
2023. 06. 무안 전국장애인 승달국악대제전 최우수상
2022. 07. 청소년 무대예술 페스티발 대상
2022. 07. 제38회 동아국악콩쿠르 은상
2021. 10. 제14회 전국장애인청소년예술제 노래 부문(판소리) 최우수상
2021. 09. 무안 전국장애인 승달국악대제전 대상
2021. 07. 제21회 공주 박동진 판소리명창명고대회 고수 장려상
2021. 07. 제24회 울산 전국국악경연대회 학생부 대상
2021. 07. 제37회 동아국악콩쿠르 동상
2021. 05. 제21회 명창 박록주 전국국악대전 고등부 장려상
2020. 12. 제20회 울산 청소년국악경연대회 대상
2020. 11. 제38회 전국국악대전 우수상
2020. 11. 제16회 사천수궁가 전국판소리 고법대회 장려상
2020. 10. 제15회 대한민국장애인문화예술대상 신인상
2020. 08. 제23회 울산 전국국악경연대회 은상
2019. 08. 제13회 순천 전국국악경연대회 고법 부문 학생부 최우수상
2019. 07. 제22회 울산 전국국악경연대회 가창 부문 학생부 대상
2019. 06. 제10회 장수 논개 전국판소리경연대회 중등부 대상
2019. 05. 제15회 사천수궁가 전국판소리/고법 경연대회 학생부 대상
2018. 11. 제18회 울산시 청소년국악경연대회 가창 부문 금상
2018. 11. 제4회 전국국악경연대회(김해예술제) 학생부 판소리 부문 최우수상
2018. 07. 제19회 공주 박동진 판소리명창명고대회 학생부 판소리 부문 우수상
2018. 06. 제20회 여수 진남 전국국악경연대회 초중등부 최우수상
2018. 03. 제13회 황산벌 전국학생일반국악경연대회 중등부 최우수상
2017. 12. 제17회 울산시 청소년국악경연대회 대상
2017. 09. 제20회 울산시 전국국악경연대회 금상
2017. 08. 제5회 서천 전국국악경연대회 최우수상
2017. 08. 제11회 순천 전국국악경연대회 대상

2017. 05. 제13회 전국판소리수궁가경창대회 우수상
2017. 04. 제6회 판소리 명가 장월중선명창대회 우수상
2016. 09. 제23회 부산국악대전 차상
2016. 07. 제17회 공주 박동진 판소리명창명고대회 학생부 판소리 부문 장원
2016. 04. 제6회 전국국악경연대회(부산예술대학교) 대상
2016. 04. 제5회 판소리명가 장월중선명창대회 최우수상

2023 노옥희교육감 추모문화제(울산학생교육문화회관)
해설이 있는 판소리 5바탕 눈대목(It's room)
격고명창(소리가온 아트홀마당)
울산시각장애인복지관 개관 20주년 기념식(울산시청 대강당)
세계장애인의 날 기념 사랑의 콘서트(롯데콘서트홀)
국악이 좋다(국립 남도국악원)
국악방송 라디오 바투의사상사디야(국악방송국)
제17회 전국장애학생체전 축하공연(동천체육관)
한예종 전통예술원 월요상설무대(한예종 대학로캠퍼스)
제44회 세계흰지팡이의 날 축하공연(울산시청)
경기도청 세계한인무역협회 축하공연(도담소)
제1회 세계판소리 월드페스티벌(남산국악당)
2022 장예총 앵콜 예술이 직업이다(ASSA아트홀)
단독랜선콘서트 토크&뮤직_소리꾼 최예나(스튜디오)
함께하는 세상 아름다운 동행 스토리 콘서트(강서구청)
모두가 함께하는 드림콘서트 더 힐링(화성반월초등학교)
청소년예술무대 페스티벌(코오롱음악당)
국악방송 특집 나도 명창이다(국악방송국)
예술의다리 문화공연(울산교)
장애인사랑예술제(문화의 전당)
이태원사고 추모음악회(울산문화예술회관)
우리가락 우리마당(울산국악협회, 울산대공원 SK광장)
소소한 음악회 25현(울산학생교육문화회관)
2021 국악한마당(울산문화예술회관)
제9회 럭셔리브랜드모델어워즈(가평문화예술회관)
울산청소년예술제(울산문화예술회관)
마음나눔 제11회 장애인국악공연(남도소리 울림터)

2020 포스코1%나눔재단 '만남이 예술이다'
BTS다이나마이트 국악버전 빅마블 콜라보 등

그 외 (2019) 초록우산 아이리더 발대식 축하공연, 청소년 예술제, 울산 조선해양 플랜트 창립총회, 국제장애인문화예술교류협회, 특수교육 교원초청강연회, 강북 아람예술제 등. (2018) 개야개야 온누리에 불 밝혀라 설날 공연, 영 아티스트 콘서트, 미니클러스트 연합송년회 등. (2017) 제6회 초록우산 나눔음악회, 최예나 흥보가 완창발표회, 김해 나눔음악회 등. (2016) 울산장애인부모회 정기총회, 드림오케스트라 특별출연 등. (2013) 점자의 날 울산점자도서관 개관기념 축하공연, 울산시각장애인복지관 후원자 및 자원봉사자 감사공연 등 다수.

유튜브
하이국악최예나